Muller Submisa

Erika Sanders
Serie
Dominación e submisión erótica

Sinopse

Rachel e Roger son unha parella normal que levan vinte anos casados.

Os seus fillos xa están na universidade polo que viven sós na casa.

Pero o marido non está satisfeito coas súas relacións sexuais, paréceas aburridas, polo que decide que deben buscar o consello dun conselleiro matrimonial moi particular.

Quen é este conselleiro matrimonial que Roger recomenda especialmente á súa muller para mellorar as súas... técnicas sexuais?

Muller Submisa é unha novela cun forte contido erótico BDSM e, á súa vez, unha nova novela pertencente á colección Erotic Domination, unha serie de novelas cun alto contido BDSM romántico e erótico.

(Todos os personaxes teñen 18 anos ou máis)

Nota sobre a autora:

Erika Sanders é unha escritora internacionalmente coñecida, traducida a máis de vinte idiomas, que asina co seu apelido de solteira os seus escritos máis eróticos, lonxe da súa prosa habitual.

Índice

MULLER SUBMISA
ERIKA SANDERS

11

PRIMEIRA PARTE:
20 anos de matrimonio

13

CAPÍTULO 1

Foi outra noite de sexo aburrido.

Pero ningún dos dous se queixou.

Despois de 20 anos de matrimonio, o sexo tornouse máis rutineiro que calquera outra cousa.

Rachel volveu á cama despois de lavar entre as pernas.

Apagou a luz, meteuse debaixo das mantas e deitouse xunto ao seu marido.

"Isto foi encantador", dixo.

"Foi", respondeu Roger. "Un pouco mellor dende que os nenos van á universidade, non?"

Ela golpeouno co cóbado.

"Que cousa tan horrible dis."

"Pero debes admitir que é unha boa cousa que non teñamos que manter as cousas en silencio máis. E podemos deixar a porta aberta".

Rachel pensou un momento.

"Supoño que si. Pero aínda así, botonos moito de menos".

"Eu tamén."

Ela pechou os ollos.

"Boas noites."

"Boas noites, cariño", respondeu el, bicándolle na testa.

CAPÍTULO 2

O día seguinte era un día de traballo típico para Rachel.

Era contable nunha empresa de contabilidade de nivel medio.

Co recente crecemento económico no centro da cidade, tiña moito traballo que facer para novos clientes.

No xantar, comeu co mesmo grupo de mulleres coas que comera nos últimos anos.

Falaron dos seus temas habituais: cotilleos, noticias de entretemento, familia, os seus fillos, novas receitas, etc.

Todos eran mellores amigos e sempre gozaron da compañía.

Eran case as seis da noite cando Rachel chegou a casa.

O coche de Roger xa estaba na calzada.

Cando entrou na casa, estaba especialmente tranquilo.

Roger adoitaba dicir rapidamente "ola".

Ela chamou para el, pero non obtivo resposta.

Cando Rachel entrou na cociña, un par de brazos rodou o seu corpo por detrás.

As súas mans tocaron o seu peito con lasciva.

Ela berrou en voz alta.

"Moi ben!" dixo, soltándoa. "Son eu! Son eu!"

Deu a volta rapidamente para ver unha mirada abraiada no rostro de Roger.

Está claro que non esperaba que a súa muller reaccionase así.

"¡Deus! Roger! Non me volvas asustar así nunca máis!"

"Quería sorprenderte".

"Como foi unha sorpresa?" estaba enfadada. "Asustáchesme á luz do día. Pensei que me atacaban!"

"Síntoo. Só intentaba ser romántico".

"Non hai nada romántico en que te toquen así".

"Perdón. Non o vou facer de novo".

Rachel tardou un momento en calmarse.

"Non quería enfadarme tanto. É só, por favor, ten en conta as túas sorpresas un pouco máis, vale?"

"Nunca nos divertimos máis. Xa noto?"

"Por favor, Roger, non estou de humor para isto agora mesmo".

"Vale", aceptou derrotado.

Rachel deuse a volta e foi ao cuarto para cambiarse de roupa.

Sentou na cama e suspirou.

CAPÍTULO 3

O día seguinte.

Rachel estaba no ordenador facendo o seu traballo de contabilidade.

Sooulle o teléfono.

Era o seu marido.

Ela respondeu á chamada e, cando Roger lle dixo que era importante, dixo que esperase un momento mentres el saía fóra para ter máis privacidade.

Preguntouse de que podería tratarse a chamada.

Roger raramente chamaba mentres estaba no traballo.

Supoñía que non podía ser pola pelexa de onte, porque xa o arranxara esa mesma noite.

"Si?" Dixo cando estaba fóra, lonxe dos outros compañeiros de traballo.

"Imos facer unha viaxe a semana que vén", respondeu sen rodeos. "Hai un lugar tranquilo onde podemos ir preto da costa".

"Realmente non podo. As cousas están moi ocupadas co meu traballo agora mesmo".

"O meu tamén é así. Pero podemos facer sitio. Podemos ir o próximo venres e quedarnos a fin de semana. Só tes que tomar un día de descanso".

"Pero isto non fai falta", respondeu ela, tentando razoar con el. "Non estou enfadado contigo. Non o aclaramos onte á noite?"

"Non se trata de onte. Trátase do noso matrimonio".

Esas palabras enviaron un choque absoluto por toda a columna vertebral ata os pés de Rachel.

Sempre asumira que o seu matrimonio era forte e que lle deu a Roger todo o que sempre quixera nunha muller.

"O noso matrimonio está en problemas?" preguntou ela.

"Non fales así. Pero hai unha forma de facer que o noso matrimonio... mellor..."

Outro sinal pasou pola súa columna vertebral.

"De que vai esta viaxe?"

"Creo que hai alguén que nos pode axudar".

"Un conselleiro matrimonial?" preguntou sorprendida.

Detívose un momento.

"Si. Algo así. Un conselleiro matrimonial".

"Non o estamos facendo moi mal, non? Pensei... pensei...".

A voz de Rachel estaba quedando abafante e os ollos choraban.

"Non estamos facendo nada malo", respondeu, intentando tranquilizala. "Pero creo que podemos mellorar. Isto é algo no que levo un tempo pensando".

"Está ben. Se cres que é o mellor."

"Grazas, cariño. Sinto chamarte ao traballo. É cousa de última hora. Ela tiña unha apertura de última hora na súa axenda e quería aproveitala".

Rachel levantou unha cella.

"Ela? A conselleira é unha muller?"

"Si".

"Que sabes desta persoa? Por que necesitamos viaxar tan lonxe para el?"

"Xa vou explicar máis tarde. Pero ela ten unha reputación única. E creo que vai facer marabillas por nós".

"Se iso é o que queres, está ben".

"Alégrome de que esteas aberto a isto. Discutaremos os detalles esta noite".

"Vale, adeus ".

"Adeus."

A chamada rematou e Rachel quedou abraiada co seu teléfono na man.

Lanzara unha bomba sobre ela, pero deuse conta de que faría o que fose necesario para manter o seu matrimonio forte.

CAPÍTULO 4

Varios días despois.

Rachel estaba de pé no cuarto dobrando a roupa para a próxima viaxe.

Sabía que o tempo ía ser caloroso, polo que fixo as maletas, os pantalóns curtos, as sandalias e os traxes de baño que Roger lle dixo que levase xa que estarían preto da praia.

Ela non quería ir, non só porque a idea lles ía custar miles de dólares, senón porque necesitaba pasar moito tempo no traballo, e ese día perdido sería un día que tería que compensar. .

Pero se isto era o mellor para o seu matrimonio, entón ela non quería pelexar por iso.

O que máis lle molestaba era que Roger estaba sendo inusualmente curto e vago en materia de asesoramento matrimonial.

En todos os seus anos de matrimonio, sempre estiveran abertos a todo.

Nunca houbera segredos.

Nunca houbo mentiras.

Por iso o seu matrimonio tivo tanto éxito.

Ata agora...

Ela pasou moito tempo preguntándose por que Roger quería ver un conselleiro.

Que hai de malo no noso matrimonio?

Pensei que todo estaba ben.

Pensei que todo era perfecto entre nós.

É o sexo?

Xa non son bo dabondo?

Queres alguén máis?

Ten unha aventura?!

A maleta estaba case chea.

O único que quedaba por facer era o traxe de baño.

Había un vello par no seu armario.

Que non levaba anos.

Espirouse diante do espello.

Ela mirou o seu corpo espido.

As liñas tenues no seu rostro creceran.

Os seus peitos antes moi alegres comezaran a caerse.

Os seus cadros foron cada vez máis grosos a pesar dos exercicios aeróbicos.

Non é de estrañar que Roger queira ver un conselleiro.

Púxose o traxe de baño e posou diante do espello con el.

Isto agradarache.

Nese momento, Roger saíu do seu despacho e achegouse a Rachel cun ceño fruncido.

"Que pasa?" —preguntou ela, aínda en bañador.

"Acabo de falar co meu xefe. Un dos nosos clientes acaba de recibir unha demanda de varios millóns de dólares. Xa non podo facer esa viaxe".

Ela atopou os seus ollos e soubo que Roger estaba dicindo a verdade.

Un raio de esperanza pasou pola mente de Rachel.

Ela estaba contenta de que probablemente a viaxe fose cancelada.

"Isto é unha pena", respondeu ela. "Isto significa que a viaxe está cancelada?"

"Non ten sentido cancelar toda a viaxe porque xa paguei os voos e as xestións de asesoramento. Deberías ir só".

Ela quedou sorprendida.

"Queres que vexa só un conselleiro matrimonial? Que sentido ten iso?"

O suspiro.

"Rachel, quérote moito. Quérote máis que nada. Es o amor da miña vida".

"Oh Deus, estás tendo unha aventura. Non é? Hai outra persoa, non?"

"Non, non é nada diso", dixo enfáticamente. "Nunca te enganaría. Nunca o fixen, e nunca o farei".

"Entón, que está pasando? Estes últimos días, estiveches moi evasivo con esta viaxe. Nunca antes estiveras tan reservado".

Suspirou de novo e meneou a cabeza.

"Síntoo. Non fun completamente honesto contigo. Supoño que non son tan valente como pensaba".

"Dime que é?"

"Confías en min?"

"Por suposto que si. Se tes un romance, só dime. Podemos resolvelo".

"Non estou a ter unha aventura Rachel. Pero creo que hai que facer cambios no noso matrimonio".

"Xa non son o suficientemente bo?" preguntou ela.

"Deixa de dicir cousas así. Ti es a miña muller. Quérote máis que a nada".

"Entón, por que non es honesto comigo?" el esixiu.

Negou a cabeza.

"Estou tentando ser honesto. Pero non podo. Isto non é fácil. Créeme, gustaríame que todo fose fácil".

"Xa non te entendo, Roger".

Unha tristeza apareceu no seu rostro.

"Podes prometerme que aínda irás? Sei que é difícil ir así, pero non llo preguntaría a menos que pensei que podería axudar a salvar o noso matrimonio".

"Cres que hai que salvar o noso matrimonio?" preguntou ela, con bágoas nos ollos.

"Por favor, non o fagas máis difícil, Rachel. Podes prometer que irás soa? Quero que coñezas a conselleira e escoites o que ela ten que dicir. Escoita, e se non che gusta, entón. volve a casa , por favor , pídocho " .

As bágoas xa corrían pola súa cara.

Rachel afogouse neles e apenas podía falar.

Entón ela rodeou os brazos ao seu marido e deulle un gran abrazo asfixiante.

Ela non ía perder o seu matrimonio así que sen importar o custo.

SEGUNDA PARTE:
Lady Samantha e a muller

CAPÍTULO 5

Rachel viu un home ben traxe despois de saír da terminal do aeroporto coa súa equipaxe.

O home levaba un cartel co seu nome.

Falaron e confirmaron a identidade de ambos.

Ela subiu ao seu coche de luxo durante un traxecto de trinta minutos ata que chegaron ao seu destino.

Ela esperaba chegar a un edificio de oficinas.

Pero quedou sorprendido ao ver que o destino era en realidade unha casa grande preto da praia, que parecía máis unha mansión.

O dono do lugar era unha persoa moi rica.

E o propietario definitivamente non era o teu conselleiro matrimonial normal.

O coche parou na calzada.

O condutor dirixiuse ao maleteiro a buscar a equipaxe.

Nese momento abriuse a porta de entrada da mansión á beira da praia e saíu unha muller alta e escultural.

Estaba deslumbrante, duns trinta anos, cun cabelo longo e ondulado e un corpo de modelo.

"Debes ser Rachel", sorriu a muller. "Eu escoitei cousas marabillosas sobre ti".

"Ese son eu. E ti?"

"Samantha. Benvida á miña casa".

As dúas mulleres déronse a man cordialmente.

"Que lugar tan fermoso. Certamente non esperaba nada así".

"A maioría da xente non. É unha mágoa que o teu marido non puidese vir".

"Coñeces ao meu marido?" preguntou Rachel.

"Viaxo moito co meu pai por negocios e vin ao teu marido varias veces. Pero diso podemos falar máis tarde. Seguro que estás esgotado. Permíteme ensinarche primeiro o teu cuarto".

Samantha levou a Rachel e ao condutor polas escaleiras da gran mansión ata o cuarto de hóspedes.

O condutor puxo a equipaxe no cuarto e logo marchou.

Rachel estaba nun estado de asombro constante mentres miraba a mansión.

Ela non podía entender canto ía valer todo.

"Deixareiche ducharte e descansar", dixo Samantha. "As toallas están no mesmo baño. Veña á praia sobre as seis da noite. Podemos ver o solpor xuntos e tomar un zume de froita fresco".

"Ese soa delicioso".

Samantha sorriu.

"Vémonos entón".

CAPÍTULO 6

Rachel tomou unha ducha fría e relaxouse.

O cuarto de hóspedes da casa era mellor que calquera cuarto de calquera hotel elegante no que se hospedase.

Todo era puro luxo e clase.

Preguntouse que planeara Roger.

***

Chegaron as seis e Rachel baixou, vestida casualmente para o calor no que se atopaban.

Saíu á praia e comprobou que a vista era fermosa.

Ela esquecera o fermoso que podía ser o océano, especialmente durante unha posta de sol.

Viu a Samantha alí de pé, admirando a vista do océano.

"Tes moita sorte de poder gozar disto todos os días", dixo Rachel.

"Por suposto."

"Entón, que estás facendo exactamente aquí?"

"Que che dixo Roger?"

"Non moito, por desgraza. Só que es unha especie de conselleiro matrimonial. Pero polo que parece, xa non estou moi seguro de que sexa o caso".

"Fago varias cousas", respondeu Samantha. "Fago algúns traballos inmobiliarios e de promoción en nome do meu pai. Pero tamén fago favores á xente . Favores que me gusta moito ofrecer".

"¿Que? Asesoramento matrimonial?"

Samantha lanzou un fermoso sorriso.

"Ti tamén podes dicir iso".

"Por que todos son tan vagos sobre isto? Hai algún segredo que non debería saber?"

"Se queres saber a verdade, axudei a moitas parellas ao longo destes anos. Non me importan os cartos. Fágoo por pracer. Gústame axudar".

"E como axudas exactamente a estas parellas?" preguntou Rachel .

"Como pensas? Cal é a base dunha boa relación?"

"Amor", respondeu Rachel.

"Sexo", Samantha chiscou o ollo. "Axudo ás parellas a facer traballo sexual para elas".

Rachel quedou sorprendida ata o núcleo, pero non deixou que o seu rostro o mostrase.

Sorprendeulle que o seu agarimoso marido de vinte anos estivese pensando niso cando lle falou dela.

"Entón, es terapeuta sexual?"

"Non me gustan moito as etiquetas", respondeu Samantha. "Pero sei moito de sexo. Sei o que lle gusta á xente e como se pode mellorar. É un talento natural que teño".

"Non creo que isto sexa o correcto para min. Grazas pola amable hospitalidade, pero debería ir. Collerei o próximo voo para a casa".

"Acabas de chegar".

"Seino pero..."

"Roger avisoume de que estarías preocupado por isto".

"Estiveches durmindo con el?" Rachel preguntou sen rodeos.

"Non. Confía en min, o teu marido é un home fiel. Só lle botei unha ollada e souben que a súa vida sexual faltaba seriamente. Entón, cando atopei unha oportunidade na miña axenda, fixenlle unha oferta ao teu marido".

Rachel entregou os ollos.

"Si, a cambio de varios miles de dólares do diñeiro do meu marido, non?"

"Como dixen, o diñeiro non significa nada para min. Mira ao meu redor, non necesito o diñeiro do teu marido. Pero se non cobro á xente, terei unha longa fila de homes esperando fóra da miña porta para o servizo gratuíto. "."

"Ben, grazas pola hospitalidade. Non quero perder o teu tempo. Todo isto non é para min. Tomarei o seguinte voo dispoñible".

Samantha asentiu.

"Isto é perfectamente comprensible. Podes quedar aquí o tempo que queiras. O meu condutor levarache cando queiras. Devolvereille ao teu marido canto antes".

"Grazas."

"Moita sorte co teu matrimonio", dixo Samantha, volvendo a atención ao sol posta.

Rachel fixo unha pausa durante un longo momento.

"Que sabes do meu matrimonio?"

"O teu marido quería isto por un motivo específico. Entón sei que a túa vida sexual debe ser incriblemente aburrida e monótona".

"Hai máis no matrimonio que só sexo. Querémonos. Somos grandes socios na vida".

"Segue dicindo iso", respondeu Samantha. "O teu marido obviamente sente que falta algo na túa relación. Pero se cres que todo é perfecto, non dubides en marchar".

Rachel fixo outra longa pausa.

"Se me quedo aquí, quero dicir, durante os próximos días, que vai pasar? Que vou facer aquí?"

"Se te quedas, ensinareiche as alegrías do dominio e da submisión. Esa é a miña especialidade. Alguén como Roger necesita sentir que é o home da relación. Podo ensinarche a servirlle correctamente".

"Soa un pouco groseiro".

"O sexo é cru. Pero tamén é fermoso. Cando foi a última vez que tiveches un orgasmo incrible? Ese que deixa un charco entre as pernas".

"Non me lembro", respondeu Rachel. "Anos. Quizais máis".

"Pobriño. Pero eu podo arranxar iso. As mulleres maiores, especialmente as esposas, son unha especialidade miña".

"Non imos... xa sabes..."

"Faremos. Farémolo todo xuntos".

"Non podo facelo", respondeu Rachel. "Isto é unha tolemia. Nunca fixera nada con outra muller antes".

"Pensa nisto como unha experiencia de aprendizaxe. Ademais, non é unha tolemia se o teu marido pensa que é beneficioso".

"Certamente estás moi entusiasmado con todo este proxecto".

Samantha sorriu.

"Ti tamén deberías estarlo".

"Agora que entón?"

"Agora, vou a entrar para prepararme para a cea. O meu chef está a facer algo delicioso. Se queres quedar, acompáñame a cear. Se queres marchar, fala co meu chofer".

"Quero quedarme".

"A cea debería estar lista pronto. Coñecémonos mellor. Mañá é cando comeza a verdadeira diversión".

Samantha lanzou outro sorriso cheo de indicios.

Entón virouse para entrar na súa gran mansión.

CAPÍTULO 7

O día seguinte.

Unha pequena parte do persoal serviunos o almorzo ao aire libre.

Todo foi debidamente atendido.

Toda a comida estaba recentemente preparada.

As dúas mulleres gozaron da compañía durante o almorzo.

"Realmente podo afacerme a isto", bromeou Rachel.

Samantha chiscoulle o ollo.

"Quen adoita cociñar na túa casa? Supoño que es ti. Pareces unha muller moi domesticada".

"Crecíronme á antiga usanza. Veño dunha longa liña de mulleres que se quedan na casa".

"Típico. Tes ese aspecto conservador clásico".

"Escoito moito", Rachel encolleuse de ombreiros. "Pero por unha boa razón. Encántame coidar da miña familia. Encántame ser a nai e a muller ideal para eles".

Samantha asentiu.

"Estou seguro de que Roger aprecia todo o que fas na casa".

"Si", respondeu Rachel. "Teño moita sorte de telo. A maioría dos maridos non aprecian o traballo que as súas mulleres fan por eles".

"Roger premiache? Deixache chupar o seu pau?"

"Perdón?"

"Deixache Roger chuparlle o pene cando eras unha boa rapaza?"

Rachel quedou impresionada pola charla lasciva durante o almorzo, especialmente diante do persoal.

As conversas descaradas sobre sexo sempre lle pareceran de mal gusto.

"Non creo que sexa cousa túa", respondeu Rachel.

"Non é certo? Pensei que querías a miña axuda".

"Supoño, pero..."

"Sen honestos . As dúas somos mulleres adultas. E o meu persoal é moi discreto. Eu só intento axudarche".

Rachel deu un pequeno suspiro.

"Fágoo por el, só ás veces. Non me gusta moito facelo".

"Entón, de que trata a túa vida sexual con Roger? ¿Súbese enriba de ti, dáche uns cantos columpios e despois ven?"

"Basicamente."

Samantha case ría.

"Esa non é unha gran vida sexual. Parece máis ben unha formalidade".

"Funciona para nós".

"Obviamente non. Roger quérete aquí por un motivo. Odio darche a noticia, pero Roger é un mozo normal e cachondo. Encántalle o sexo. E encántalle facer mamadas. Pero é demasiado tímido para pedirlle á súa fermosa muller. favores extra".

"Estás sendo presuntuoso".

Samantha levantou unha cella.

"Estou sendo? Algunha vez Roger rexeitou o sexo? Parece un neno do instituto cada vez que lle chupas o palo? Sabes que teño razón. Todos os homes son iguais cando se trata de sexo".

"Non foi así como me criei", dixo Rachel despois dunha longa pausa. "Probablemente teñas razón sobre Roger. Pero xa non sei como agradalo".

Samantha chasqueou os dedos e alguén do persoal sacou un xoguete sexual nun prato.

Samantha colleuno e o persoal marchou.

O xoguete sexual de cor carne tiña a forma do pene dun home.

"É incrible o realistas que se converteron estes xoguetes para adultos", dixo Samantha, levantándoo abraiada.

Aínda que estaban ao descuberto, a Samantha non lle importaba levar un consolador.

Rachel sentiuse un pouco incómoda, aínda que non había ninguén máis preto.

"Non tes medo de que alguén pase e te vexa niso?" preguntou Rachel.

"É perfectamente legal ter un xoguete sexual no Estado".

Rachel asentiu tímidamente.

"Tes razón."

"Tampouco hai nada de malo en bicar un".

"Que queres dicir?"

Samantha moveu un pouco o consolador.

"Adiante e dálle un biquiño".

"Porque?"

"Teño curiosidade por como te pareces cun pene na boca".

Rachel parecía nerviosa mentres Samantha lle entregaba o consolador, que estaba apuntando á súa cara.

Ela pensou que discutir sería inútil.

Era convidada nunha casa de luxo.

Ela sabía que sería groseiro rexeitar a solicitude.

Ela inclinouse cara adiante sobre a mesa e bicou a cabeza do consolador.

"Agora abre os beizos", dixo Samantha. "Levao dentro".

Rachel sentiuse incómoda, pero fíxoo igualmente.

Ela permitiu que o xoguete sexual entrase na súa boca.

Samantha comezou a empurrar e tirar do consolador na boca de Rachel para simular sexo oral.

"Isto é todo?", Dixo Samantha, observando atentamente. "Cúmao. Todo así. Imaxina que é de Roger".

Escoitando esas palabras acendeu un lume en Raquel.

Ela chupaba máis, máis rápido e máis forte .

En realidade, comezou a realizar sexo oral co consolador.

Antes de que Rachel puidese continuar, Samantha quitou o consolador da súa boca e Rachel reclinouse no seu asento.

"Non está mal", dixo Samantha. "Pero as túas habilidades para mamadas poderían ser útiles para mellorar. Traballaremos niso máis tarde. Creo que Roger estará moi feliz cando chegues a casa".

"Espero que si", ruborouse Rachel.

Samantha sorriu.

"Temos un longo día de adestramento por diante. Rematemos o almorzo e aproveitemos ao máximo o noso tempo".

De novo almorzaron.

Rachel mirou a súa comida, pero aínda estaba pensando nas últimas palabras de Samantha.

Adestramento? Que diaños quería dicir con iso?

CAPÍTULO 8

O dormitorio de Samantha constaba dunha zona ampla e ampla.

E era sinxelo pero elegante.

Os mobles parecían rústicos e caros.

O balcón estaba aberto e tiña unha vista perfecta do océano.

"O seu marido díxome o teu tamaño e medidas", dixo Samantha. "Así que fun adiante e compreiche un armario novo".

Había unha maleta no medio da habitación.

Samantha abriuno para revelar unha variedade de roupa, a maioría bastante reveladora, e unha variedade de roupa interior.

Rachel quedou abraiada.

"Isto é todo para min?"

"Todo dentro desa maleta é para ti. Tamén te merquei un novo kit de maquillaxe".

"Que pasa coa miña maquillaxe?"

"Nada, se es contable", respondeu Samantha. "Pero se queres darlle ao teu marido unha erección constante, entón terás que esforzarte un pouco máis".

"A Roger gústalle como me gusta a min".

"Es unha muller moi bonita. Estou seguro de que Roger pensa que es a muller máis bonita do mundo. Pero ás veces os homes só queren unha puta sucia no dormitorio. Eses son os feitos".

Rachel fixo unha pausa.

"Xa non son precisamente unha muller nova".

"Non hai absolutamente nada de malo coas mulleres da túa idade. Todo o mundo quere ás mulleres maiores. Adoro ás mulleres maiores".

"Entón, que estamos facendo?"

"Está ben ser unha ama de casa propia e primitiva. Pero tamén é bo ser unha porra pequena no dormitorio de cando en vez. Iso é o que che vou ensinar".

Rachel respiro profundamente.

"Ben. Terei a mente aberta ao que teñas que dicir".

"Ben. Agora espídese".

"Perdóame?"

"Espídete. Quítate a roupa. Todo iso".

"Porque?"

"Pensei que dixeches que estabas a manter a mente aberta", dixo Samantha cunha cella levantada. "Se queres a miña axuda, escoita o que teño que dicir".

Rachel xa tiña claro que discutir con Samantha nunca foi unha estratexia gañadora.

Respirou profundamente para reunir a súa coraxe, e quitouse con vacilación a roupa, dobrando coidadosamente cada elemento e colocándoo na cama próxima.

Foi un pouco vergoñento para Rachel espida diante de Samantha, xa que o seu corpo envellecía e Samantha era moi nova e en forma.

Pero Rachel díxose a si mesma que era como espirse diante do doutor.

Samantha probablemente vira moitas mulleres espidas da súa idade.

Ela viu todo.

Cando acabe esta viaxe, nunca máis terei que vela.

Entón, a quen lle importa se me ve espido?

Quitáronlle toda a roupa e ao final Rachel quedou completamente espida diante dunha muller moito máis nova e atractiva.

"Moi feminina e fermosa", dixo Samantha cunha pequena pista mentres asentía.

"Entón pensas?"

"Como dixen, adoro ás mulleres maiores. E adoro ás amas de casa. Creo que es moi atractiva".

Rachel encolleuse de ombreiros.

"E que segue?"

"Ségueme."

Samantha levou a Rachel ata a cómoda.

Rachel sentouse diante do espello grande e dunha mesa chea de produtos de beleza de marca.

Ambos miraron o reflexo en topless de Rachel no espello.

Entón Samantha usou unha servilleta húmida para limpar a maquillaxe de Rachel ata que o seu rostro quedou limpo.

As engurras e liñas de idade no rostro de Rachel fixéronse máis evidentes.

"Es tan fermosa por natureza, Rachel. Es tan bonita".

"Grazas."

"Pero non estamos interesados en bonita neste momento", dixo Samantha. "Estamos en sexy. Estás lista para iso, Rachel?"

"Creo que si".

"Imos comezar."

Samantha púxose directa ao traballo aplicando os cosméticos.

Aplicou con habilidade unha capa de rubor, sombra de ollos, máscara de pestañas, delineador de ollos e un ton brillante de batom vermello.

Segundo a segundo, a recatada ama de casa viu como se transformaba a súa aparencia.

Cando rematou, Rachel apenas puido recoñecerse.

"Que tal?" preguntou Samantha, orgullosa do seu traballo.

"Parece... parece... interesante..."

Samantha golpeou os ombreiros da muller.

"Afaceraste a iso. Só lembra que isto é só para ti e para Roger. Ninguén máis".

"Entendo."

"Agora, imos vestirte, vale?"

Rachel levantouse e seguiu a Samantha ata o gran cuarto.

Samantha meteu a man dentro da maleta e sacou unha fina bata vermella.

"Proba isto", dixo Samantha. "E mírate ao espello".

Rachel mirou o seu reflexo espido no espello mentres se metía na bata.

Era escasa, delgada e menuda.

Sobre todo, era semitransparente.

A cor dos seus pezones e o pelo púbico eran totalmente visibles.

"É un pouco revelador, non cres?" Rachel expresou o obvio.

"Esa é a idea. Cando esteas na casa, quero que uses isto para Roger en todo momento. Fará un matrimonio máis feliz".

"Queres que estea practicamente espido en todo momento?"

"Pénsao, Roger discutiría contigo mentres os teus pezones están expostos?"

"Esa é certamente unha forma divertida de ver as cousas", respondeu Rachel cunha risita.

Samantha sorriu.

"Axudei a moitas parellas ao longo destes anos. Confía en min, sei do que falo".

As dúas mulleres sorriron brincadeiras antes de que ela probase máis roupa.

CAPÍTULO 9

Máis tarde ese mesmo día.

Rachel estaba nun estado de profunda relaxación.

Estaba na sala do balneario, só cunha masaxista adestrada.

A súa mente desviouse mentres as súas costas recibían unha masaxe experta.

Foi unha felicidade.

"Alégrome de que te divirtas", dixo Samantha, entrando no balneario.

"Este é o ceo".

"Unha boa masaxe sempre é celestial. Perdón por interromper, pero acabo de falar co meu pai. Algo pasou".

Rachel sentouse para escoitar a noticia.

Os seus peitos estaban a ver, pero non lle importaba.

"Está todo ben?" preguntou ela.

"Todo está ben. Pero o meu pai está a cear unha cea importante con varios dos seus socios comerciais, e quere que me una a el. Quere estar informado. Ademais, son xenial para entreter os invitados".

"Debería ir?" Preguntou Rachel, temendo en segredo o peor.

"Non, non. Pero non sei ben a que hora volverei, así que ponte cómodo no meu sitio. Xa lle dixen ao persoal que che prepare unha boa cea. Fai o que queiras despois. Hai libros, películas, música, o que queiras. O meu persoal axudarache co que necesites".

"Grazas, es moi amable".

Samantha levantou unha cella.

"Se estás de humor para algo un pouco máis provocativo, entón proba a colección de DVD no meu cuarto. Quen sabe, podes ver algo que che guste".

"Terei iso en conta", respondeu Rachel, sen saber como interpretar as suxestións.

"Divírtete, tentarei volver pronto".
"Tes unha boa noite".
Samantha deu un sorriso travieso e marchou.

CAPÍTULO 10

Esa mesma noite.

A luxosa mansión parecía un pouco aburrida sen o seu propietario.

Despois dunha cea cedo, Rachel mirou o solpor e explorou a casa unha vez máis.

Botoulle unha ollada ao que tiña para a súa colección de teatro e música, pero nada lle interesaba moito.

Agora estaba vendo a televisión no salón.

A noticia era o único que lle interesaba.

Preguntouse como estaba Roger.

Preguntouse se Roger a botaría de menos.

Chegou o aburrimento.

Eran as once da noite e Raquel decidiu deitarse.

De camiño ao seu cuarto, pasou polo cuarto de Samantha.

A porta estaba aberta de par en par.

A oferta de ver os seus DVD privados aínda estaba na mente de Rachel.

Por que non?

Convidoume ao seu cuarto para ver.

Rachel entrou no dormitorio principal e foi á gran televisión.

Os DVD non eran difíciles de atopar.

Estimou que había máis de 200 DVDs .

Todos os DVD eran caseiros.

Cada DVD tiña un nome escrito, xunto cunha data.

Rachel acendeu a televisión e o reprodutor de DVD.

Seleccionou un DVD aleatorio titulado: Joseph 03-07-2018

O DVD comezou e Rachel sentouse na cama.

Ela quedou impresionada polo que viu.

Na pantalla apareceu un home espido.

Era de mediana idade e estaba en forma normal.

Tiña a cara dun empresario exitoso.

O seu pene era pequeno e flácido.

Parecía tímido.

Estaba mirando directamente á cámara.

Estaba de pé nunha habitación de hóspedes.

O home indicou o seu nome, idade e que a súa ocupación era promotora inmobiliaria.

A escena parecía moi estraña e fixo que Rachel se sentira extremadamente incómoda.

Non podía entender por que Samantha tería un DVD así.

Rachel levantouse e estaba a piques de apagar o DVD cando, de súpeto, escoitou a voz de Samantha que saía do televisor.

Comezaba a ordenarlle ao home espido.

Rachel sentouse de novo para seguir mirando.

O home espido da pantalla acariñouse.

O seu pequeno pene creceu un pouco máis grande e máis ríxido.

O home axeonllouse cando a voz de Samantha mandoulle.

Samantha apareceu na pantalla e Rachel case boqueou.

Samantha apareceu no vídeo vestida cun axustado corsé de coiro, mostrando os seus brazos e pernas.

Había un consolador longo atado entre as pernas de Samantha que debía ter polo menos oito polgadas de longo.

Samantha púxose diante do home axeonllado, e o home comezou a chupar o pene no cinto con entusiasmo.

O único que puido facer Rachel foi mirar case con shock.

Ela estaba completamente incrédula de que Samantha fixese tal cousa cun home.

O seu instinto dicíalle que apagara o DVD, pero non puido.

A pantalla volveuse hipnótica.

No vídeo, Samantha ordenou ao home que se levantase e se inclinase sobre a cama.

Fíxoo con entusiasmo.

Samantha aplicou entón unha gran cantidade de lubricante ao xoguete sexual e situouse detrás do home.

Rachel jaqueou mentres observaba a Samantha entrar no home.

Foi todo o que Rachel puido levar.

Ergueuse e apagou o DVD.

Cando volveu poñer o DVD no seu lugar na colección, viu outro vídeo etiquetado como Anna 23-05-2019.

Gravouse hai só uns meses e a protagonista debeu ser unha muller.

Rachel tivo curiosidade, inseriu o vídeo e sentouse de novo na cama.

O vídeo presentaba unha muller madura e espida.

A muller tiña cincuenta anos.

Obviamente unha ama de casa.

O vídeo tamén foi tomado na mesma habitación, pero esta vez, Samantha estaba sostendo a cámara e falando coa ama de casa.

Samantha ordenou á muller que se puxese de xeonllos e se metese na coña de Samantha.

A muller realizou de forma experta sexo oral no coño ben afeitado de Samantha.

Rachel estaba abrumada pola luxuria despois de ver a cinta de sexo caseira privada de Samantha.

Agachouse e tocouse mentres miraba.

Comezou a xogar co seu coño.

O lesbianismo e a submisión nunca foron as súas fantasías, pero había algo fascinante nos vídeos domésticos de Samantha.

Rachel continuou fregando o seu coño ata que rematou o vídeo.

Entón reproduciu outro vídeo, esta vez dunha parella.

O tempo pasou voando e Rachel xa vira algúns vídeos máis.

Ela veu poderosamente vendo o porno caseiro.

Había moito tempo que non sentía un orgasmo tan bo.

Ela pechou os ollos para descansar un tempo.

***

Rachel espertou coa sensación dun dedo fregando a súa pel.

Os seus ollos agrandáronse.

Aínda era noite.

Ela levantou a vista para ver a Samantha de pé sobre ela cun sorriso na cara.

"Vexo que che gustou a miña colección", sorriu Samantha.

Rachel cubriu rapidamente o seu coño.

"Oh Deus. Sinto moito. Debín quedar durmido".

"Non hai nada de que lamentar. Atopaches algo que che gusta. Agora estamos preparados para o seguinte paso".

Ambas mulleres miráronse aos ollos.

Houbo un breve momento de silencio entre eles.

E tamén houbo unha tranquila comprensión de que as cousas estaban a piques de volverse moito máis interesantes.

TERCEIRA PARTE:
A escravitude é o noso pracer

49

CAPÍTULO 11

O almorzo foi case incómodo á mañá seguinte para Rachel.

Era a primeira vez na súa vida que a pillaban masturbándose.

Tiña unha sensación de vergoña e incomodidade.

"Debes ter moitas preguntas", dixo Samantha.

"Algo".

"Non sexas tímido. Escoitemosche".

"Que estabas facendo exactamente neses vídeos?" preguntou Rachel.

"As persoas diferentes teñen fetiches diferentes. Ese é un feito da sexualidade humana. Eu só presto un servizo para eses fetiches".

"Es unha especie de dominatrix, ou como se chame estes días?"

Samantha sorriu.

"Cando quero ser. Ou se alguén precisa da miña axuda".

"¿A iso chamas axuda?" Preguntou Rachel, levantando unha cella.

"Claro que si. Viches canto viña esa xente?"

Rachel de súpeto sentiuse tímida.

"Era ti... umm..."

"Adiante. Só pregunta. Non vou morder".

Rachel respiro profundamente.

" Estabas pensando en facerme algunha desas cousas a min ou a Roger? ¿Foi ese o plan todo o tempo? Quere Roger ser sodomizado cunha correa? Quere verme facer sexo oral a unha muller?"

"Esas son as grandes preguntas, non?"

"Vas a darme unha resposta?"

Samantha fixo unha longa e dramática pausa mentres bebía o zume recén exprimido.

"A resposta é esta", respondéu Samantha. "O teu marido non ten nin idea do que quere. Sabe que quere unha vida sexual mellor. Sabe que non quere ter relacións sexuais cunha muller sen emocións todas as semanas".

"Roger chamoume unha muller sen emocións?" Rachel preguntou con sentimentos feridos.

"Non con esas palabras. Pero pola forma en que describiu a súa vida sexual, tamén podes estar sen emocións".

"Entón, que cres que quere Roger? Que eu sexa submisa como as mulleres dos teus vídeos?"

"Quizais. Para iso foi esta viaxe. Por desgraza el estivo ocupado e non podo axudalo. Pero por sorte estás aquí".

"Estás a enganarme?"

"Non. Non. Podo dicir que non o está a facer. Pero está preto. O sexo que proporcionas é inadecuado para un home coma el".

"Iso teño que facer?" preguntou Rachel.

"Fai o que che digo. Vístete como che dixen. Chupa-lle o pene como che ensinei. De feito, espero que lle fagas unha mamada todas as mañás antes do traballo, e de novo cando chegue a casa. Non hai escusas para non facelo. Faino."

Rachel asentiu coa cabeza.

"Podo facelo".

"Pero aínda queda máis por aprender. O sexo oral non o resolve todo, créas ou non".

"E iso que é?"

Samantha botoulle unha mirada astuta.

"Teremos que descubrilo despois do almorzo".

CAPÍTULO 12

Había unha tensión perceptible no aire mentres Rachel seguía a Samantha ata un cuarto privado da mansión.

A habitación tiña paredes lisas e mobles sinxelos.

Había unha pequena cama de só dous metros de altura.

A cama estaba simplemente cuberta, sen mantas nin almofadas, só unha saba.

"Non perdamos o tempo", dixo Samantha. "O teu marido quere unha muller sumisa. No fondo, creo que estás desexando unha figura sexual dominante".

"Non estou totalmente de acordo", dixo Rachel con firmeza.

"Oh?"

"Non creo que Roger me queira así. E certamente teño os meus límites. Sempre sentín que unha relación adecuada baséase na igualdade".

"Mesmo durante o sexo?"

"Si".

Samantha lambeu os beizos.

"Hoxe tes moito que aprender".

"Vou manter a mente aberta ao que suxire".

Samantha asentiu.

"Treínte aquí por un motivo específico. Esta é unha sala para principiantes. Aínda non estás preparado para a sala de servidume".

"Soa intimidante".

"Intimidando no bo sentido. Pero de momento, seguiremos con esta sala porque é fácil de limpar despois dunha lea".

"Que se supón que significa iso?" preguntou Rachel.

"Significa que te vou facer vir. O camiño correcto. Vouche mostrar como se sente un verdadeiro orgasmo".

"Samantha, agradezo todo o que estás facendo por min, pero realmente non creo que sexa necesario".

"Por suposto que si", respondeu Samantha con firmeza. "Non podes converterte nun verdadeiro sumiso a menos que teñas sentido os praceres diso . Comezaremos aos poucos. Facilitareivos a un novo estilo de vida".

A Rachel chamou a atención a palabra estilo de vida.

As cousas estaban a piques de facerse máis interesantes.

E tiña curiosidade cara a onde se dirixían as cousas.

"Está ben", respondeu ela. "Non vou discutir. Non me queixarei. Farei o que me pidas".

"Quero ver o teu cu. Querote espido de cintura para abaixo. Despois deite na cama. Mantendo os pés no chan".

Rachel estaba preocupada pola petición.

Pero ela fíxoo igualmente xa que dixera que o faría sen discutir.

Desnudouse deixando o traseiro espido e colocou a roupa con coidado na cama.

Agora estaba de pé co seu arbusto medianamente peludo exposto a Samantha.

Despois deitouse na pequena cama cos pés aínda no chan.

"Terás que afeitar máis tarde", dixo Samantha mirando o seu pelo púbico.

"Ao meu home gústalle".

"Afeita hoxe. Non te preocupes, volverá crecer".

Rachel rodou os ollos.

"Obvio".

"Agora separa as pernas. Aberto de par en par".

Rachel fixo.

Ela separou as pernas e deulle a Samantha unha visión clara do seu coño.

Sentíase insegura mostrando o seu coño maduro a unha fermosa muller nova, pero supuxo que había un propósito detrás de todo.

"Feliz agora?"

"Hermoso coño", agradecía Samantha. "É bonito".

"Vas parar alí e miralo?"

"Claro que non. Se non che importa, voulle atar as pernas á cama antes de que che faga vir. Reláxate, prometo que o disfrutarás".

Samantha buscou algo debaixo da cama e sacou unha corda que usaba para atar os nocellos de Rachel aos postes opostos da cama.

Todo foi feito con precisión experta.

Estaba claro que Samantha era unha experta en cordas e bondage.

Cando rematou, as pernas de Rachel estiveron ao estilo de aguia, atadas e o seu coño estaba ben aberta.

Un forte zumbido resonou pola sala.

"Que diaños é iso?" preguntou Rachel mirando a Samantha.

Samantha levantou un gran xoguete sexual vibrante que parecía e soaba como unha ferramenta eléctrica.

O dispositivo tiña unha parte superior vibratoria destinada a estimular o clítoris dunha muller.

"Isto vai cambiar a túa vida para mellor. Agora reláxate".

Rachel estaba deitada cos ollos moi ben na cama.

A cousa viña entre as súas pernas.

Samantha parecía estar a piques de realizar un procedemento médico co potente dispositivo de vibración.

A parte superior vibrante achegouse ao coño exposto.

O poderoso vibrador tocou a punta do clítoris de Rachel.

" Aaahhhh !!!!" a madura ama de casa berrou de dor.

Samantha apartouse un momento.

"Reláxate. Reláxate, cariño. Só reláxate mentres eu coido de ti".

A poderosa vibración foi levada de volta ao clítoris.

Rachel berrou de novo.

Podería pedirlle a Samantha que parase.

Podería sentarse e empurrar a Samantha.

Podería loitar.

Pero ela non o fixo.

Rachel simplemente deitouse na cama e absorbeu a intensa estimulación.

Aínda que foi doloroso, tamén houbo un pequeno chisco de pracer.

O pracer medrou e medrou.

Rachel continuou angustiada, pero intentou relaxar o seu corpo.

Ela aceptou o sentimento poderoso.

As súas pernas tiráronse e loitaban contra a corda, pero non serviu de nada.

As súas pernas non se podían mover.

A sensación no seu corpo estaba en conflito.

Ela quería resistir, pero tamén quería deixar fluír os sentimentos.

Ela continuou xemindo e botando e prendendo a cama.

Samantha premeu a palma da man contra o corpo da ama de casa.

Entón ela empuxou o dispositivo sexual vibrante con forza contra o seu clítoris.

A estimulación era irreal.

A madura ama de casa berrou de agonía e de pracer.

As súas pernas loitaban contra a corda con todas as súas forzas.

Foi unha batalla perdida.

Mentres Samantha introducía dous dedos no seu coño, entrando e saíndo, veu Rachel.

Ela correu e correu.

Ela choraba e botaba os seus zumes.

Foi un orgasmo húmido que fixo un auténtico desastre en todas partes.

As costas de Rachel arqueáronse violentamente.

Os seus dedos dos pés enrolados.

Fixo caras estrañas mentres estivo case irrecoñecible durante un tempo.

Entón o seu corpo quedou completamente coxo.

Samantha apagou o dispositivo e sorriu co seu traballo.

Baixou o aparello e desatou os nocellos da ama de casa.

Sentou na cama e frotou o cabelo de Rachel, notando o fermosa que estaba.

"Aínda non te esforces por falar", dixo Samantha, aínda fregando o cabelo de Rachel. "Só reláxate. Disfruta da túa felicidade. Estou seguro de que o teu clítoris debe estar doído agora mesmo".

Rachel asentiu.

"Si".

"Descansa. Deixa que o teu clítoris se recupere. Continuaremos o adestramento hoxe máis tarde".

Samantha inclinouse para bicar a Rachel na fronte, despois na meixela e despois nos beizos.

CAPÍTULO 13

O tempo pasou sen présa.

Xantaron xuntos e falaron de cousas normais.

Entre eles creceu unha amizade.

O tema do sexo non volvera a aparecer, e o clítoris de Rachel tivo tempo suficiente para curarse do asalto vibratorio.

Rachel botou unha sesta a media tarde, e cando espertou, había un fermoso vestido negro na súa cama.

Tamén había un par de zapatos de tacón alto na cama.

Había unha nota manuscrita na parte superior do vestido.

A nota dicía:

"Dáche unha ducha longa e agradable. Despois aplícate a maquillaxe tal e como che ensinei. E logo póñase o vestido e os tacóns sen nada máis debaixo.

Vémonos abaixo na sala de servidume ás seis da tarde. A porta estará aberta".

A nota foi asinada por Samantha.

Un formigueo creceu entre as súas pernas.

Rachel ergueuse da cama e duchouse.

Secouse e mirou o seu reflexo espido no espello antes de maquillarse.

Aplicou cada produto cosmético exactamente como lle ensinara Samantha.

Rachel cambiou o seu vestido diante do espello do cuarto.

O vestido era elegante e sexy.

Ela marabillóuse co seu reflexo.

Parecía unha muller moi diferente.

***

Baixou exactamente ás seis da noite, despois baixou polo corredor.

59

Foi doado descubrir onde estaba a sala de servidume.

Era o único cuarto da mansión onde a porta estaba sempre pechada.

Agora a porta estaba aberta e parecía chamala.

A sala de servidume parecía aburrida en comparación co resto da casa.

Era unha habitación de tamaño medio sen nada de valor.

Había unhas mesas e cadeiras.

Había outros elementos de aspecto interesante, como unha corda colgada do teito e dispositivos de aspecto estraño que parecían groseiros.

Rachel entrou na habitación e deixou os seus ollos vagar por ela.

A anticipación medrou.

"¿Era isto o que esperabas?" dixo a voz de Samantha por detrás.

Rachel virouse para ver a Samantha vestida cun corsé de coiro vermello e botas negras.

Mostrou os seus brazos e pernas tonificados, e o cabelo estaba atado cara atrás.

Estaba vestida como unha auténtica dominatrix.

Samantha entón pechou a porta.

"Estaba esperando un pouco máis, para ser honesto", dixo Rachel, ocultando os nervios.

"A maioría da xente espera máis da miña sala de servidume. Pero prefiro a sinxeleza. Gústame ter ese elemento de sorpresa".

"Que queres dicir?"

"Gústame que a xente subestime esta habitación", sorriu Samantha. "Ademais, é irrelevante que tipo de xoguetes e dispositivos se usan. É a vontade de someterse, e o poder dominante sobre o sumiso, o que fai unha boa relación erótica BDSM. Non os xoguetes".

As mans de Rachel indicaron a habitación.

"Aínda aquí estamos".

"Non me entendas mal", dixo Samantha, camiñando cara á ama de casa. "Encántame usar xoguetes. E tamén me encantan as cordas. Melloran o meu poder sobre os submisos de moitos xeitos".

"Que me vai facer?"

Os ollos de Samantha miraron de arriba abaixo á ama de casa.

"Esquecín mencionar o fermosa que te ves con ese vestido. Quedache perfectamente, mostrando todas as túas curvas. E a túa maquillaxe, estou impresionado. Aprendes rápido".

"Grazas. Pareces... umm... atractivo con esa roupa".

"Sempre intento parecerme mellor".

"Entón, que me vas facer?" Rachel preguntou de novo, case desesperada por sabelo.

Samantha deu un paso adiante e levou os beizos ao oído da ama de casa.

"Voute amarrar", dixo Samantha suavemente. "Entón vou facerte vir unha e outra vez. Pertences ao teu marido. Pero esta noite, pertences a min. O teu coño perténceme. E os teus orgasmos tamén me pertencen".

Rachel abriu os ollos.

"Oh, eu... uh..."

"Supoño que Roger nunca te atou".

"Nunca".

"Perfecto. Encántame ser o primeiro de alguén. Quédate quieto".

Rachel quedou tímidamente quieta co seu vestido caro mentres observaba a Samantha poñer un dispositivo na parede.

A corda que colgaba do teito baixouse ata onde estaba Raquel.

"Vasme amarrar con iso?" preguntou Rachel.

"Hai algún problema?"

Rachel moveu nerviosamente a cabeza.

"Non".

"Ben. Agora dáme as túas bonecas".

Samantha usou a corda branda e atou con pericia os pulsos de Rachel.

O nó estaba axustado.

As mans de Raquel estaban atadas.

Non fixo ningunha resistencia.

Unha vez que lle uniu a corda, Samantha volveu á parede e virou o dispositivo na dirección oposta.

Isto fixo que as mans de Rachel subisen por riba da súa cabeza.

Nada demasiado doloroso, pero o suficiente para evitar que Rachel se poida mover.

"¿Cómodo?" preguntou Samantha cun medio sorriso.

Rachel case tremía mentres estaba de pé coas mans atadas por riba da cabeza.

"Doenme os pulsos".

"Dóeme porque estás loitando. Reláxate. Entrégate a min".

Samantha abriu un caixón próximo e entrou.

Sacou un coitelo e camiñou lentamente cara a Rachel cun sorriso perverso, axitando o obxecto afiado.

"Meu Deus!" Rachel jadeaba de medo, pensando que algo horrible ía pasar. "Por favor, non! Meu Deus! Meu Deus!"

"Non sexas parvo. Non che vou facer dano. Ben, non de mala maneira".

Samantha levou o coitelo na parte superior do vestido de Rachel.

Logo cortou cara abaixo, dividindo o vestido polo medio.

Samantha puxo o coitelo nunha mesa próxima, despois abriu a parte superior do vestido, deixando ao descuberto os dous peitos redondos de Rachel.

"Agora pareces unha auténtica puta", sorriu Samantha. "Maquillaxe cachonda, cabelo bonito, tacóns caros e un vestido rasgado que deixa ao descuberto as túas vellas tetas caidas. Todos os signos dunha puta. Non estás de acordo?"

Rachel asentiu nerviosa.

"Si".

"Sempre cumpro a regra dos catro polgadas. Dime, canto é o pene do teu marido?"

"Uns cinco centímetros", admitiu Rachel.

"O de Roger ten cinco polgadas, así que engado outros catro polgadas. O que é un total de nove polgadas".

Samantha abriu outro caixón para recuperar un consolador de nove polgadas.

Ela mirou para ela, maravillada co seu tamaño.

A continuación, puxo unha correa ao redor da entrepierna e puxo o consolador de 10 polgadas.

"Vas meter iso dentro de min?" preguntou Rachel nerviosa.

"Voute foder con iso", respondeu Samantha, aplicando lubricación ao obxecto sexual. "Algunha vez tivo relacións sexuais estando de pé?"

"Non".

"Outra primeira vez".

Samantha púxose diante de Rachel.

Estaban cara a cara, a só uns centímetros de distancia.

Samantha estaba segura e tranquila.

Rachel estaba nerviosa.

A tensión sexual era espesa no aire.

Samantha inclinouse cara adiante e deulle a Rachel un gran bico nos beizos.

Foi suave ao principio.

Despois máis apaixonada.

Despois fíxose máis duro.

Samantha mordeu lixeiramente o beizo inferior de Rachel.

Despois continuaron a bicos de lingua.

Mentres se bicaban, Samantha baixou as mans e levantou o vestido de Rachel.

Entón guiou a punta do gallo da correa ata os beizos de Rachel.

Rachel abriu moito as pernas mentres se erguía.

O consolador estaba apuntado cara a súa coña.

"Agora voute penetrar", susurrou Samantha ao oído de Rachel.

"Sexa amable".

"Non", murmurou Samantha.

Mentres as dúas mulleres permanecían entrelazadas, Samantha empurraba con forza e entrou na cona de Rachel, provocando un ahogado audible.

Samantha deu outro empuxón e foi máis profundo.

O obxecto sexual foi cada vez máis profundo.

Nun momento dado, o obxecto sexual de nove polgadas quedou completamente enterrado dentro da cona.

Rachel estaba xemendo e as pernas tremíanlle.

Samantha mostrou a súa forza física agarrando firmemente as dúas coxas de Rachel no aire.

Rachel estaba completamente fóra do chan, as mans colgando da corda do teito.

Os seus pés e os seus talóns balanceaban salvaxes con Samantha sostendo as pernas.

"Non pelexas", dixo Samantha, mantendo a ama de casa no aire. "Canto máis loitas, máis doerá. Cédeme".

Samantha inclinouse cara atrás e deu outro impulso duro, empurrando o consolador máis profundo no seu coño.

As mans de Samantha mantiveron un firme peche nas pernas de Rachel.

Rachel colgou no aire mentres a dominatrix a penetraba.

Estaban fodindo.

Miráronse aos ollos.

Raquel chorou e chorou.

Pero nunca lle dixo a Samantha que parase.

Non se atrevía, pero tampouco quería.

Era parte do adestramento, e comezaba a sentirse pracenteiro a medida que o seu corpo se axustaba ao tamaño.

O seu cabelo estaba desordenado, igual que os seus pés.

A ela gustaba de ser fodida por Samantha.

O seu corpo estaba en chamas.

A Rachel doíanlle os pulsos.

A pel ao redor dos seus pulsos tornouse dun ton escuro de vermello mentres o seu corpo colgaba no aire.

Pero a dor nos pulsos non era nada en comparación coa sensación que sentía o seu bichano.

O gran xoguete sexual estimulaba os nervios dentro da súa cona que nunca soubo que existían.

Os empuxóns continuaron.

Ela berrou e berrou.

Ela choraba e choraba.

Ela xemeu e xemeu.

"Ven por min", dixo Samantha, mirando para a ama de casa con pracer. "Ven por min, vella puta sucia".

Rachel empuxou as súas cadeiras.

"Non son vello!"

Un orgasmo atravesou o seu corpo.

Rachel berrou a todo pulmón.

As súas costas arqueáronse violentamente.

Ela tirou os zapatos de tacón polo cuarto.

Os líquidos do coño de Rachel salpicaron por todas partes, deixando un traballo serio para a muller da limpeza.

Cando o orgasmo diminuíu, os ollos de Rachel volveron atrás e o seu corpo relaxouse.

Samantha soltou o seu abrazo e Rachel colgou nun estado case sombrío da corda que lle rodeaba os pulsos.

Samantha baixou a corda e o corpo semiconsciente de Rachel xacía no chan nunha piscina dos seus propios zumes quentes.

Cando Rachel puido abrir os ollos, viu a Samantha quitándose o corsé, quedando completamente espida.

Rachel non puido evitar envexar o perfecto corpo espido de Samantha.

Samantha sentouse no chan e xogou co pelo de Rachel.

"Roger ten a sorte de ter unha puta orgásmica coma ti", Samantha sorriu totalmente espida.

"Nunca vin así antes. Nunca".

"Alégrome de serche útil. Pero lembra que eu son a dominatrix, ti es a subordinada. Isto é para o meu pracer, non para o teu. E ata agora, aínda non vin".

Rachel levantou unha cella.

"Que tes en mente?"

"Algunha vez comeches unha coña?"

"Non".

"Que virxe eres en todo. Arrastra cara a min. Pon a cara entre as miñas pernas".

Rachel fixo o que lle mandaron.

Arrastrou ata que o seu rostro estaba a centímetros do seu coño.

"Bícame os beizos", ordenou Samantha, referíndose á súa propia vaxina. "Encántame que me biquen".

Rachel cumpriu, bicando a capa exterior da cona ben afeitada de Samantha.

"Lámeo coma unha piruleta. Despois mete a lingua como hai días que non comes".

Rachel seguiu as ordes, lambendo o seu coño e probando os fluídos externos.

A súa lingua sentiu cada punto dos beizos.

Despois meteu a lingua dentro, lambendo e chupando.

Era a primeira vez que comía unha coña e deuse conta de que sabía ben.

"Isto é bo", xemeu Samantha. "Segue así. Segue lambendo coma un bo gatiño".

A ama de casa noutrora recatada, escueta e axeitada converteuse rapidamente nunha experta comedora de vaxina.

Ela lambeu e chupaba con entusiasmo.

A súa lingua acariciaba arriba e abaixo.

Momentos despois, Samantha chegou cun berro agudo.

Tremíanlle as pernas, despois relaxouse.

Os ollos de Samantha ilumináronse.

"Meu Deus. Quen sabía que podías facelo de xeito tan natural?"

Rachel sorriu e apoiou a cabeza na coxa de Samantha.

"Ti sabes ben".

"Entón pensas?" Samantha preguntou retóricamente.

Rachel bicou a coxa da dominatrix.

"Si".

As dúas mulleres continuaron co seu momento de confort mutuo.

Rachel pechou os ollos e volveu apoiar a cabeza na coxa da dominatrix.

Samantha mirou á fermosa ama de casa e acariñoulle o cabelo.

CAPÍTULO 14

Días despois.

Despois de recoller a súa equipaxe, Rachel empurraba un carriño con dúas maletas dentro: unha coa súa roupa normal, e outra coa que lle regalara Samantha.

Ela viu ao seu marido esperando fóra.

Devolvéronse grandes sorrisos.

Roger estaba feliz de ver á súa muller tan ben bronceada e relaxada.

Corre cara a Raquel.

Ela parou o carro e deulle un forte abrazo asfixiante.

Foi un momento especial.

Ela quería que ese día fose un novo comezo para o seu matrimonio.

"Boteime moito de menos", dixo Roger.

Rachel púxolle os beizos ao oído e murmurou: "Vas levarme a casa e amarrame á cama do cuarto. Entón vas meter o teu pene pola miña gorxa. E despois vas foder . eu. Entendido?"

Retrocedeu un pouco para mirar ben á súa muller, abraiada pola súa mala linguaxe.

Había un brillo especial nos ollos de Rachel.

unha fame

Unha luxuria.

Roger decatouse de que a súa muller era unha muller diferente.

Roger asentiu, aceptando a invitación.

Rachel sorriu e deulle un bico.

FIN

Don't miss out!

Visit the website below and you can sign up to receive emails whenever Erika Sanders publishes a new book. There's no charge and no obligation.

https://books2read.com/r/B-A-IGGS-XFONC

BOOKS 2 READ

Connecting independent readers to independent writers.